Timothée va à l'école

Pour Jennifer et Karen H.

ISBN 978-2-211-09588-4

Texte français de Catherine Chaine
© 1981, l'école des loisirs, Paris, pour l'édition en langue française
© 1981, Rosemary Wells, pour les illustrations et le texte original
Titre original : « Timothy Goes to School », publié par The Dial Press, New York, 1981
Édition en langue française réalisée avec la collaboration de Sheldon Fogelman
Loi numéro 49 956 du 16 juillet 1949 sur les publications
destinées à la jeunesse : mai 1981
Dépôt légal : juin 2010
Imprimé en France par Pollina à Luçon - n°L52365

Rosemary Wells

Timothée
va à l'école

l'école des loisirs
11, rue de Sèvres, Paris 6e

La mère de Timothée lui fait une salopette toute neuve
pour la rentrée des classes.
« Formidable ! » s'écrie Timothée.

Timothée part pour l'école avec sa salopette neuve,
son livre neuf et son crayon neuf.

«Bonjour!» dit Timothée.
«Bonjour!» dit la maîtresse.

«Timothée», dit la maîtresse, «voilà Claude.
Claude, voilà Timothée. Je suis sûre que vous allez être très amis.»

«Salut!» dit Timothée.

«Personne ne porte une salopette le jour de la rentrée», dit Claude.

Pendant toute la récréation, Timothée espère
que Claude va tomber dans une flaque d'eau.

Mais il ne tombe pas.

Quand Timothée rentre chez lui, sa mère lui demande:
«C'était bien l'école, aujourd'hui?»

«Personne ne porte une salopette neuve le jour de la rentrée», dit Timothée.
«Je te ferai une jolie veste neuve», répond sa mère.

Le lendemain, Timothée porte sa nouvelle veste.

«Salut!» dit Timothée à Claude.
«Personne ne se met en tenue de soirée
le deuxième jour de classe», dit Claude.

Toute la journée, Timothée espère que Claude va faire une bêtise.

Mais il ne la fait pas.

Quand Timothée rentre chez lui, sa mère lui demande :
«C'était bien l'école, aujourd'hui?»

«On ne se met pas en tenue de soirée le deuxième jour de classe»,
dit Timothée.
«Ne t'en fais pas», répond sa mère,
«demain tu seras habillé comme tout le monde.»

Le lendemain, Timothée va en classe avec sa chemisette préférée.

«Regarde!» dit Timothée, «tu as la même chemisette que moi!»
«Non», dit Claude, «c'est toi qui as la même chemisette que moi!»

À midi, Timothée espère de toutes ses forces
que Claude se retrouvera tout seul pour le déjeuner.

Mais Claude n'est pas tout seul.

Après l'école, Timothée est introuvable.
«Où es-tu?» l'appelle sa mère.
«Je n'irai plus jamais à l'école», dit Timothée.
«Et pourquoi?» demande sa mère.

«Parce que Claude est le mieux habillé, le meilleur en tout,
et que toute la classe l'aime», répond Timothée.
«Tu te sentiras mieux dans ta tenue de rugby»,
dit la mère de Timothée.

Mais Timothée ne se sent pas mieux dans sa tenue de rugby.

Ce matin-là, Claude joue du saxophone.
«Je ne peux plus la supporter», dit une voix à côté de Timothée.

C'est Violette.

«Tu ne peux plus supporter quoi?» demande Timothée à Violette.

«Sophie!» dit Violette. «Elle chante. Elle danse. Elle compte jusqu'à mille et elle est assise juste à côté de moi!»

Pendant la récréation, Timothée et Violette restent ensemble.

«Et dire que tu étais là depuis la rentrée!» remarque Violette.
«Veux-tu venir à la maison après la classe
et manger des crêpes avec moi?» demande Timothée.

Sur le chemin du retour, Timothée et Violette rient tellement
de Claude et de Sophie qu'ils en ont tous les deux le hoquet.